지문을 찾습니다

문학과의식

시선집
147

이견숙 시집

지문을 찾습니다

오래 묵은 지인이거나
옛날 친구를 만나 얘길 하다 보면
거의 모두가
아직도 문학을 하고 있느냐고 묻는다

얼마나 오래 됐으면 그렇게 물을까
얼마나 좋으냐고
자기만이 할 수 있다는 게
참 좋겠다고 모두들 부러워한다

성과를 떠나서 일생을 꾸준히
지금까지
몰입할 수 있었다는 게 참
잘했다는 생각이 든다

아직도 내가
시인이라고 말하는 게 부끄럽지만
대부분의 사람들은 많이 선호한다는 걸
알게 됐다

2021년 7월

내내 길이 잠드소서
- 4. 19. 추도시제

무어라 말하리오
사이구삼 년 사월 십구일
하늘로 사무치던 외침
오랜 날들의 쌓인 울분을 토해내던 그 날

이름 없는 메아리 되어
찾지 못할 골짜기로 스러져간 이 밤
되돌아 올 듯한 산울림의 대답에
울먹이는 가슴마다 옷깃을 여밉니다

천추에 영구히 지워버릴 수 없는
피맺혀 흘러간 파란 낙엽의 사연은
또 내일을 따르리

백의민족의 전율을 안고 기꺼이 가신
당신들에게
할 말을 잃었습니다

지금은 오월의 아늑한 풀 향기 속
미소 짓는 당신들의 환상 앞에
나는 무슨 꽃을 분향하오리까?

가신 그 길에
한 마리 곱다란 나이팅게일의 울음소리라도
긴 날을 두고 당신의 것으로 하소서

무어라 말하리요
이 가슴들은.

– 내내 길이 잠드소서 –

1960년 4월 19일
대전여고 2학년 이견숙

| 차례 |

3부 산길을 오르며

4부 나의 고향은 어디인가

5부 손자의 졸업식

해설 _ 김인경

1부

지문을 찾습니다

봄날의 팁

잘 정돈된 삶이 무료할 때
삶의 소리 치열한
덤 문화가 살아있는
추억의 장터 재래시장에 들어선다

100년이 넘었다는 일산 오일장
발 디딜 틈 없는 틈새를 빠져나와
하얀 김 무럭무럭 나는 삶은 옥수수 사들고
뻥튀기 소리에 혼비백산 정신을 차린다

어제 오늘 새로운 풍경도 아닌데
왜 이리 구미가 당기는지
볼 것도 많고 사고 싶은 것도 많지만
인내를 앞세워 자제를 하는데
춘곤증 달래주는 달래 냉이 한 옴큼이
눈 시리게 들어온다

화 잘 내는 데는 고들빼기
쓴 맛이 제격이라니

그거 참 괜찮네
봄날의 팁이다

밥상

식탁에 앉으면
밥 덜어내기 전쟁이다

많다 가져가라
아니다 내 밥이 더 많다

끼니 때 마다 벌어지는
현대판 아름다운 실랑이다

배고픈 시절 면한 지 얼마나 됐다고
밥 조금 먹기 경쟁이다

할배는 오십여 년 전
논산훈련소 시절 굶주렸던 이야기를
식탁에 풀어 놓으며
입술에 훈장을 달고 산다

나무의 품격

나무는 나이를 먹어도 듬직해서 좋겠다
몸피는 부르트고 갈라져도
한눈에 중후해 보여서
그 품격은 어디에도 비할 데 없다
평생을 그 자리
한걸음 누구에게 건너가지 못해도
때때로 찾아오는 단골 빈객이 넘쳐나도
다시 찾게 되는
자석 같은 매력이 있으니 정말 좋겠다

매일 눈만 뜨면
고령사회 인구감소 뉴스 뿐인데
고목은 시간이 깊어 갈수록 신의 경지에 이르러
점점 중후한 대접을 받으니
이 어찌 부러운 일이 아니겠는가
두 눈 부릅뜨고 지켜본 인간사
한 겹 한 겹 포개 입으며 접어둔 나이테
골 깊은 묵언의 한계를
나는 알고 있다

여름날의 하모니

병꽃 족두리풀 벌개미취
살랑대는 초록잎새 눈에 담고
나무다리 밑 수련을 보고 있노라면
검은색 물잠자리 나래짓은 행운의 선경이다

돌아서 모퉁이 댓잎에 키를 재고
매실나무 그늘을 지나 망초꽃 헤치며
'볍씨출토 기념비' 마주한 초가 마루에서
모차르트 오페라 '피가로의 결혼' '편지 이중창'을 듣는다

여름날의 숨결은 더 없이 숭고하고
새소리 바람소리
나의 손은 어느 듯 지휘봉을 들고
청중들의 영혼을 사로잡는다

멀리서
가까이서
뻐꾹새 울음소리 화음은
그리운 어머니 날 부르는 음성이다

산불
―나무에게 한 마디

먼 데서 가까운 데서
다급한 화마의 소식이 들려올 때
얼른
흙을 박차고 피할 순 없었을까

그 무서운 열기를
온몸으로 맞으며 감내하는
참으로
가혹한 형벌이었을 텐데

때 마침의 강풍은
어쩔 수 없는 자연의 섭리라지만
생각할수록
가슴 저린 한 편의 영화 같다

시간이 지나고 한참을 지나고
따뜻한 날들이 계속되면
그 자리 맨 먼저
고개 드는 생명이 있을지니

바로 할미꽃이다

정이품 소나무

속리산 법주사 가는 길목에
자연에 육신 한 켠 내준 적송 한 그루
수호신처럼 서 있다
지나는 사람 모두 합장하고 지나간다
나도 목례를 하고 간다

오래전 바늘 잎 초록에 심신 적시려는
임금이 나무 밑을 지나는데
늘어진 가지가 호통을 감지하고
길을 열었다고 해서
정이품 송 벼슬을 하사 받았다는데

골짜기 시원한 약수로 목욕 재계 한 지존은
얼마나 태평성대를 구가했는지
전설만으로도 마음이 훈훈해진다
도심에 지친 생활
이곳 물 맑고 공기 좋은 나무 밑

작은 농가 텃밭 만들어
'사마천'의 사기를 읽고 싶다
가끔은 노송 끌어안고 정분도 나누며

수액소리 듣고 싶다는 꿈같은 소망
봄처녀도 부럽지 않네

지문을 찾습니다

여권을 갱신하러 구청에 갔다
젊은 여직원은 반갑게 의자를 권하며
약지를 올려놓으라 했다

다시 엄지를 올려놓으라 했다
또 다시 중지를 올려놓으라 했다
역시 나오지 않는다

다른 방법으로 해야겠다며
물티슈로 닦고 올려놓으라 했지만
결과는 똑같아 면담이 시작되었다

주소가 어디냐
자식은 몇이냐
언제부터 지문이 지워졌는지
나는 모른다

뼈 빠지게 농사를 지은 것도 아니고
자식이 많은 것도 아니고
대가족 맏며느리도 아닌데
지문이 없다

씁쓰레한 심사 날개 없이 날아간다
내 지문은 다 어디로 갔을까
지문을 찾습니다

어실각 禦室閣
– 향나무

DNA가 같은 동성동본 삼대가
선친의 묘소 앞에 세밀 문안차 자리를 편다
쌓였던 적막들이 모두 일어서서
참회의 한 순간을 받아들고
몇 배의 용서와 참회를
가슴에 안겨 주며
까옥이는 울음으로 먼 하늘 날아간다
정겨운 유택 작은 눈에 새겨진 그 모습으로
따스한 햇살 잔등 덥혀주니
그리움은 되살아나 실타래는 끝이 없다

돌아오는 길목
빛바래서 더욱 찬란한 천년고찰
보광사 앞마당을 지나
어실각 앞에 서니 가슴 뭉클한 전율이 파도친다
숙종의 후궁 숙빈 최씨
영조 생모의 위패가 모셔져 있다
어머니를 그리며 심었다는 향나무
삼백여 년이 지난 지금도
사모의 정이 묻어나는 듯 검푸르게
휘어지는 모습으로 자리를 지키고 있다

심은 이는 오래전 역사 속에 묻혔어도
뿌리 깊은 향나무는
어제의 일인 냥 전설처럼 날로 짙푸르다

살살이 꽃

머나먼 나라
멕시코가 고향인
코스모스는 신의 습작품
가을의 전령사다

천성이 바람에 가냘프게 흔들려야만
싸늘한 달빛아래 더욱
애절해야만
되살아나는 꽃말, 소녀의 순정이다

폭염의 땡볕을 이겨내고
천지개벽 모든 광풍 물리치고
굳게 뿌리 내렸으니
절룩이며 고하는 해바라기 안녕을 받는다

한밤중 달리는 철로변 모습이 그랬고
수줍어 눈 둘 곳 모르던
풋사랑 시절
긴 그림자가 그랬다

이제 고양시 덕양구 강매동 창릉천변

무더기로 피어
온천지 향내 뒤덮은 꽃물결
제자리 고수하는 힐링 쉼터가 되었다

어느 날 종로 3가에서

찌는 듯 내리쬐는 여름 날의 불볕
종로 삼가 1번 출구에서
친구를 기다리고 있었다

12시가 좀 못돼서
바로 옆자리 개량한복 곱게 입은 여인과
눈길이 마주치는 순간
저 혹시 충북 이원과 연관이
이럴 수가
언니 시누님 동욱이 고모님 이시죠
동욱이 이모입니다
결혼식 때 뵙고 이게 얼마만인가요

백선생 어디쯤 왔어요
기다리고 있는데
누군가가 계단을 올라온다 헌데
내 친구 아닌가
우리는 같은 장소에서 같은 사람을 기다리고 있었다

수국사

봉산 능선에서 불어오는
바람 맞으며
갈라진 나무계단을 오른다
황금사찰 법당을 해바라기하는
봄 햇살 너울너울
서산의 붉은 노을을 불러오고
절 마당 가득히 내걸린 연등이
황금빛 부리로 엉켜
잔잔한 파도가 일렁인다

나이 스물에 요절한 세조의 장남 의경세자비
인수대비의 애끓는 사모가
어제 일 같이 선명하게 떠오른다
보낸 이들의 극락왕생 염원이
액운을 밀어낸다는 황금빛 사원으로

사연을 머금고 가만히 서 있다

강태공의 낚시터

엎질러진 물은
다시 쓸어 담을 수 없다

가난을 참다못해 집나간 아내가
금의환향 성공을 보고 찾아 왔을 때
강태공이 한 말이다

바늘 없이 띄운 낚싯대
위수를 지나면서
생각 없이 내뱉은 옛말이
새삼 부끄럽게 한다

나에게 기약 없는 기다림은
참으로 가혹한 일이다

80년이 되서야
운이 틔었다는 명재상 강태공
위수의 강가엔 그 모습 보이지 않고

복수불반분覆水不返盆 고사성어 한 줄이
귓전을 맴돈다

마호병

멸치육수에 아욱된장국 끓이고
흑미 찰현미 섞은 잡곡밥에
배추김치 계란말이
제육볶음 구운 김 몇 장도
덤으로 담는다

수양버들 드리운 평상에 자리 펴고 앉아
도시락 열고 수다까지 펼쳐 놓으니
이것 봐라 만찬이 따로 없네

돌아오는 길에
유명세 떨치고 있다는
아름드리 노송식당에 가서
꾸며놓은 정원을 둘러보고
고가밥상을 받았다

온갖 산해진미에
몸은 포만감으로 붕붕 뜨는데
마지막 버스를 기다리면서
왜 낮에 먹은 뜨끈한 된장국이
자꾸만 떠오르는지 모르겠다

살구

무심코
하늘을 올려다보다가
초여름 햇살에
농익은 황금 눈동자를 본다

더 이상
제 가루받이 결실들을
감당할 수 없어
땅위에 자리 펴는 물러짐의 씨앗들

사람들은
열매가 많이 열리면
마을에 풍년이 든다고 했고
전염병도 못 들어온다고도 했다

오늘은 역사歷史 소서
꺾임을 망각한 코로나 19
마스크로 얼굴 반쯤 가리고
죄 없는 손만 계속 씻을 일이다

2부

흑백사진

커피 먹는 백합

백합의 흰색과 분홍색이
조화처럼 탐스럽고 눈부시다
한낮엔 눈을 즐겁게 해주더니
해지고 캄캄한 밤이 오면
무제한 향내 발포하여
문을 닫아도 집안가득 꽃향기 넘쳐난다

생의 대열에서 매듭을 지은 사람
신기루로 어른대는 한 시절의
채움과 비움을 꽃피우면서
고급스레 커피 내려
우아하게 음미하는 것이
하루일과인 사람

뿌리가 잘 내려야 꽃잎이 탐스럽다고
찌꺼기 주는 사람
커피 생각만으로도 웃음꽃이 핀다고
즐겨 내리는 사람

남은여생 커피와의 동행은
동질의 동위원소가 아니겠는가

반보기

추석 당일
두시 반까지 오겠다고
처가로 서둘러 떠나가는
자식 내외를 보며
반보기라는 말이 자꾸 떠올랐다

조선시대 어머니와 시집간 딸이
일 년 중 추석날 하루
중간 지점에서 만나고 헤어진다는
눈물겨운 세시 풍속이다

또 그렇게
오랜 여운을 남기고
달려왔을 내 딸 식구들을 보며
짐작도 할 수 없었던 격세지감이
켜켜이 쌓인 정서와 수순을 헤집어 놓는다

속수무책 넘실대는 격랑의 물줄기
그 속에 허우적대는
소리 없는 항변
누구도 어쩔 수 없는 시대의 산물이다

켄터키 옛집

오라버니가 군 입대를 하면서
두고 간 하모니카
중학교 갓 입학하면서 불기 시작해
평생 간직하게 되었다
동요 한국가곡 세계명곡 찬송가
특히 포스터의 미국민요를 좋아한다

처음엔 집안일이 무료할 때 주방에서 혼자 불다가
문학단체 장기자랑 시간에 실력발휘는
매번 상품을 휩쓸었다
때 아닌 꽃봉투가 날아오기도 하고
옛 생각에 젖어 눈물 흘리는 이도 있었다

어느 핸가 남해문학기행 가서
어두운 해변 연주회는
뼈가 녹는 듯한 절정이었다
여류 시인이기에 관심이 집중되었는지 모른다

켄터키 옛집에 햇빛 비치어
여름 날 검둥이 시절……

돌이켜보면 내 자신도
가슴이 찡해온다

곤지암 화담 숲

눈으로만 보라는 이끼원을 지나서
만병초 윤판나무
때늦은 할미꽃 속삭임에
맑은 귀 씻어 보면서
명품소나무 숲 피톤치드 마시며
추운데서 편지 쓰는 자작나무
둥치에 등 기대본다

장마를 알려준다는 지혜로운 수국
들숨날숨 얼굴 내미는
토종 거북이 얌생이에게 말 걸어 보다가
뻐꾸기 파랑새 동고비 노랫말을
졸졸 따라 불러도 보고
개똥벌레 반딧불이 짝짓기 현장을
슬그머니 훔쳐보면서
물풀 사이로 물살 저어 지느러미 치는
잉어 가족 원앙 한 쌍을
눈 깊숙이 담는다

천상의 음향 안토니오 비발디가 놀러와
'사계'를 나무와 새들에게

고루고루 뿌려주고 있다
하늘을 누비는 모노레일
온 산하에 묻혀
입춘 하늘을 미끄러지듯 달린다

사월

한식과 청명이 있는 사월이 오면
송추에 누워계신 아버님께
문안인사를 간다
유택의 잔디는 괜찮은지
어디 손볼 데는 없는지 살펴보고는
간단한 식사를 하고
콜라를 마신다
그리도 좋아하셨던 콜라

개자추를 생각한다
중국 진나라 문공이 국난을 당해 방황할 때
굶어 죽을 지경이 되자
넓적다리 살을 베어 바쳤다는데
뒤에 문공이 왕위에 올라 포상자 중 제외됨을
부끄럽게 여겨 산으로 숨어버렸다

문공이 뉘우치고 나오라 했지만 나오지 않자
산에 불을 놓았으나 끝내 나오지 않고 불타 죽었다
그를 애도하는 뜻에서
그때부터
한식날 찬밥을 먹는 풍습이 생겼다고 한다

이런저런 꽃들이 앞 다퉈 피고지고
살아있다고 요란 떨어대는 사월을
잔인한 달이라 한다
꽃이나 나무처럼 사람도 마음 가다듬고
평온한 삶이었으면 한다

경순왕릉

더 이상 무고한 백성들이
치욕과 괴로움을 당하는 것을 볼 수 없어
피 한 방울 흘리지 않고 천년 사직을
고려 왕건에게 물려준 경순왕 김 휘
큰아들 마의태자와
막내아들의 완강한 반대를 무릅쓰고
자진 항복했으니
평화적으로 왕위를 물려난
신라의 마지막 지존 경순왕이다

고려 태조 왕건은
아홉 딸 중 큰딸 낙랑공주와 그 자매
두 딸과 백년가약을 맺어
경순왕의 장인이 되었다
극진한 호의호식 환대 속에
43년 더 천수를 누리고 생을 마감하니
고향땅 서라벌을 가지 못하고
양지바른 이곳 연천 땅에 고즈넉이 잠들어 있다

묘역에 이르는 길가
사열하듯 울창한 졸참나무 발등 위로

낙과한 도토리 무수히 나뒹굴고
지뢰밭이니 조심하라는 문구가 가시처럼 낯설다
봄 햇살은 사방 가득 넉넉하게 감싸는데
씨를 뿌려놓은 듯 키 작은 제비꽃이 눈물처럼
조롱조롱 피어있다

꼬막

벌교 한 접시 밥상위에 올려놓고
조정례 '태백산맥'이 덤으로 따라 올라탔다
임금님 수라상에 올라온
벌교 꼬막

어느 지방 제사상에도
한 자리 차지하고 오르내리는데
바다 생선이라 부르기도 애매하고
민물조개라고 소개하기에는
무언가 아쉽다

다산 정약용 선생 동생 정약진이
연안 어민들의 보양식이라
자산어보에 기록을 남겼다

꼬막이라는 이름에 수식어를 붙여야
제 맛이 나는 모양이다

참꼬막 새꼬막 피꼬막

자고 나면 새로운 메뉴들이 판을 치는

작금의 세상에
가을 뻘 한 접시 올려놓고
임금님 수라상을 받아보는 것이다

붕어와 공원

빵틀에서 갓 나온 붕어 한 봉지
가슴에 품고 달린다
붕어와 나란히 심장이 하나가 되었다
만산홍엽 밀어내던 바람도 따라 달린다
거꾸로 매달려 기우뚱 벌 서는
둥근 수세미넝쿨 아래를 지난다

억새에게 몇 걸음 자리를 내어준 연밭
굴참나무다리 출렁 지나려는데
가슴에서 체온이 식어가는
붕어빵 몇 마리가
연밭 웅덩이에 들어가 지느러미 치며 나아간다

세상에 모든 찬 기운은 하늘에 다 내주고
빈속에 수런거리는 댓잎 위로
겨울 한복판을 밟고 지나가는
저 뜻 모를 울음들
오후의 정적 한 봉지 손에 들고
길 떠나고 있다

흑백사진

멀리 사는 친구가
흑백사진 한 장을 보내 왔다
한 참을 들여다보고서야
내 사진이라는 걸
알게 됐다
내가 나를 못 알아보는 내 사진
체중은 어림잡아 지금의 절반 정도
그 속엔 한참 지난
혼전 푸른 시절이 선명하다
잔병치레 잦은 나를 돌보시느라
애쓰시는 어머니의 근심이 서려있고
하루도 못 보면 죽을 것 같은
열병의 연애시절이 있다
보면 볼수록
내게도 이런 시절이 있었다는 게
퍽 다행스러워
흐뭇한 미소가 떠나질 않는다

백자 달 항아리
-파편들을 생각한다

번뜩이는 도공의 망치소리
왕실로 가고 싶은 파편들의 통증이다
멈출 수 없는 흐느낌에
떠나지 못하는 분원 도요지

아낌없이 내뱉는 날개달린 찬사들
성공한 명품들만 찬양할 뿐
잘려나간 아픈 염원은
그 누구도 눈여겨봄이 없다

목초생장의 십년 세월이
한 줌의 연기로 사라져간
숲의 불꽃들 피맺힌 아픔은
눈물로 흘러 분향 없는 혼백이 되고

일천도 화염 속
인내로 뭉쳐진 사리의 탄생은
치열한 조화의 지문으로
만고의 눈부심이 되었다

오백년 조선 백자 달 항아리

히아신스 꽃향내

어느 의료인의 영정 앞
흰 꽃들이 유난히 눈부시다
떠난 이는 말없이 꽃 속에 파묻혀 웃고 있지만
준비 없이 보내는 이는 못 견딜 상실감에
쓰린 가슴 진정하고 있다

자신의 일신을 개의치 않고
오직 추구하는 의료에 몰입하다보니
짧은 생을 마감하게 되었구나
오호 통제라! 한창 일 할 나이인데

얼마를 잤을까
꽃향기 진동해서 거실에 나와 보니
향내가 구석구석 차고 넘친다
보라색 흰색 히아신스 꽃
밤낮을 가리지 않고
꽃향기 양산 무한 가동 중이니
여기 또한 과로하는 생명체가 있구나

아무도 눈여겨보는 이 없어도

    – 2019. 2. 12. 윤한덕 의사의 갑작스런 사망을 보고

사춘기 손자

이불호청을 꿰매는데 친구한테 전화가 왔다
요새도 이불 꿰매는 사람이 있네 놀라면서
세 번째 손자를 출산 했단다
그 며느리 참 애국자가 따로 없네

사춘기 열병을 힘겹게 앓고 있는
중2 손자를 생각하며
바쁘게 이불을 손질한다
밤 9시가 넘어 버스타고 와서 자고 가겠단다
그러라고 했지만 갑자기 왜?
동생하고 싸웠는데
아빠하고 말을 섞기 싫단다

제 부모한테는 지가 말할 테니
아무 말도 하지 말란다
제 아비는 그냥 보내라지만
어떻게 그래? 다른 데로 가면 어쩌려고

우선 빈방에 자리를 펴주니
잠꼬대를 할지 모르니 이해를 하시라며
갑자기 와서 죄송하단다

여기도 네 집이니 아무 걱정 말아라
한 집에 안 살고 가끔씩 만나니
예의가 깍듯하다

하루 밤 재우고 아침을 먹이며
마주보니 찾아온 사춘기도 사랑스럽다

네순 도르마 Nessun Dorma
–공주는 잠 못 이루고

자코모 푸치니 더 이상의
걸작은 절벽인 채 영면의 길을 떠났다
세기의 오페라 투란도투 중 '공주는 잠 못 이루고'
누구나 귀에 익은 친근한 음색이지만
따라 부르기엔 어려운 아리아다

선견지명이 있었던가
혼신을 다 바쳐 불꽃같은 정열을 쏟았지만
완성을 보지 못하고 생을 마감한
이탈리아 고전오페라 작곡가 '푸치니'
그 화려한 음색에 젖을 수 있어 더 없는 행운이다

중국의 얼음 공주 '투란도투'
선대 공주의 한 맺힌 원한에 복수의 칼을 품고
인근 왕자들에게 구혼 광고를 낸다
세 가지 수수께끼를 못 맞히면 목을 내 놓으라고
칼라프 왕자와의 숨 막히는 접전에
잠 못 이루는 공주 심정을 노래한 아리아다

윤달이 낀 여름 더 덥고 길다는 고정 관념에

오직 불볕과 장마예보에 촉각을 세우고 사는
의식의 한계에서 자유롭고 싶어
목숨을 건 서늘한 줄거리의 오페라
그 선율에 더위를 탈출하려 한다

솔베이지 송을 들으며

60년대 중반
그땐 길가에 세워둔 스피커에서
인심 좋게도 양질의 음악이 많이도 흘러 나왔다
정겨운 동요 가슴 뭉클한 흘러간 팝송
어느 추운 겨울 밤
모처럼 만나 대전고교 옆 비포장 길을 걷고 있었다
코끝이 빨개지도록 날씨는 추웠고
추운 걸 모르는 젊음은 하염없이 거리를 누볐다
'그 겨울이 지나 또 봄은 가고, 또 봄은 가고…'
언제 들어도 애절한
'그리그'의 솔베이지 송이 여과 없이 흘러나왔다
집 떠난 페르퀸트를 백발이 되도록 기다렸다는
순백의 솔베이지 사연을 주고받으며
세상이 온통 내 것인 냥 애틋한 정을 나눴다

반백년이 지난 지금
그 순간이 이렇게 눈물 나게 그리울 줄이야
오늘 아침 때늦은 혹한을 핑계로
아랫목에서 뒹굴고 있는데
그 노래가 무상으로 온 집안을 감싼다
수요일마다 외출하는 지아비를 배웅하며

지난날을 회상해 보니
너무도 바쁘게 뛰어다닌 날들이 안타까워
남은 날의 소중함을 일깨워 본다

기쁨의 크기

어느 해 문학회 송년 모임에 가서
하모니카로 '가고파'를 불고
줄넘기 하는 원숭이 한 마리를 선물로 받았다
두 손자가 싸운다고 덤으로
한 마리 더 받았다

연주회 팀을 꾸려
요양병원 연주회 봉사 가서
가진 재능을 쏟아냈다
오카리나 아코디언이 흐르고
내 하모니카는
그냥 양념으로 뿌렸는데
앙코르의 주인공이 되었다

앙코르 박수는 계속되고
기쁨은 정량이 없다

3부

산길을 오르며

소나기 마을
– 황순원 문학관

노안의 애제자
마음의 빚을 안고
고즈넉한 묘역에 일 배 올립니다
그 주례 말씀대로
정도를 달렸습니다만
생은 정답이 없다고도 합니다

오늘로써
백년해로 절반의 변곡점에서
모든 건 수확하고 임무를 마쳤는데
채울 수 없는 마음은
허하기만 합니다

스승님
오랜만에 불러봅니다
석양을 등지고 또렷한 발자취
생각을 떠올리게 하는
동화 같은 줄거리
소나기를 피해 들어간 수숫단 집

싸늘한 초겨울 날씨

검은머리 파뿌리 선언 후
꿈같은 시간이었다고 말하지만
결코 녹녹치 않은 세월이었습니다
여기 스승님 면전에 약속을 반추해 봅니다

양귀비 楊貴妃

타고난 미모가 무슨 죄련가
만리타국 멀리서 구름 같은 인파
끝없이 줄을 잇는다
미모에 흐려진 제왕의 기기

수 백 년 찬란한 문화제국이 무너지고
부자지간 인연이 맥없이 끊어지는
어처구니없는 상황 앞에
화청지 온천물은 끊임없이
더운 김이 솟아난다

화무십일홍이라 했던가
찬란한 꽃 시절
현종 61세 양귀비 27세
모든 정사를 손 놓은 당 현종은
오직 가무와 춤으로 세월을 보냈으니
백상의 원성과 국정은 날로 피폐해지고

시인 백거이가 '장한가'를 세상에 내놓으니
참을 수 없는 칼끝은
과녁을 관통했으나

변함없는 미모는 하늘아래 동상으로
후손들에게 덕을 베풀고 있다

노송과 바위
- 장가계 바위 소나무

노송이 바위에 안겨
나란히 눈비 맞으며 산다

천둥이 구르고 벼락이
몸서리치다 돌아갔을 것이다
어린 소나무도 나이가 들면
실낱같은 뿌리로 용트림하고
깊푸른 향을 길어 올렸을 것이다

그 소나무 향을
아슬아슬 따라가 보면
몸 끝에서 느껴지는 서늘한 기품
고행을 고행인 줄 모르고
희열의 반열에서
위로위로 선계를 넘어선다

보고만 있어도
심신이 맑아지는 듯한
신령하고 상서로운 기운
어디서 생성 되는 건가
그 곳에서 나도 살고 싶다

셈법이 불가한
아득한 대자연의 걸작들
장구한 세월이
의연하고 꾸밈없이
괴석의 턱밑에 걸려 떨고 있다

욕망과 군상
-진시황, 토용 병마용 갱을 보면서

한 줄의 영혼, 목숨 한 톨에도
저마다 부여받은 자기 생이 있다

어쩌다
죽어서도 한 생의 이름이
하필 군상인가

뭇 세상
구경꾼들의 심심풀이 눈요기가 되어
부동의 직립자세로
지존의 사후세계 안전을 지키는
장신 토용 병마들을 보면서
인간의 욕망은 어디가 종점인가

그나마 다행인 것은
인간수명에 한계가 있다는 것
영원불멸하다면 ·
그야말로 큰 낭패가 아닌가

불로장생 산해진미
온갖 노력을 동원했지만 진시황이

50에 세상을 하직했다는 게
얼마나 다행스런 일인가

모골이 송연해진다

쑥 이야기

겨울이 끝나 갈 때쯤이면
제일 먼저 돋아나는 식물인 쑥
어릴 때 바구니 들고 산으로 들로 쑥 캐러
다녀보지 않은 사람은 없을 것이다
뿌리만 내릴 수 있는 곳이라면
지천으로 쑥쑥 돋아나는 식물이라 쑥이라지만
볼 때마다 새롭고 정겨운 약초다
사실 쑥은 인간보다 먼저 지구상에 존재한
이로운 노화방지 명약이란다

히로시마 원폭투하로 잿더미가 되었을 때
제일 먼저 돋아난 생명체
그게 바로 쑥이다
그 만큼 생명력이 강한반면
인류에게 유익함만을 가져다주는 신비한 약효
원래의 이름은 애엽艾葉 이다

단군 신화에서도
인간이 되고 싶은 곰과 호랑이에게
쑥 한줌과 마늘 20쪽으로 백일동안 그늘에서 지내면
소원을 들어준다고 했지만

호랑이는 못 참고
곰은 참아내니 웅녀와의 사이에서 단군을 낳았다는 신화
우리민족과 더불어 영원히 존재할
향기 나는 허브자원이라는 걸 상기해야 한다

낙엽이 먼저 알고

도시락 싸들고
경의선 단풍구경 가는 날
가을 한 복판 햇살은 유난히 따사롭고
불순물이 걸러진 바람은 그대로 청량음료였다
목적지도 없이 떠나왔기에
어딘가에 정착을 해야겠다고
물어물어 문산 평화공원을 찾아갔다
옆구리 비탈길을 힘들게 올라
약식으로 목례를 올리고
전적비 뒤편 제법 쓸 만한 그늘에 자리를 잡았다
준비해간 식탁을 펼치고
잡곡밥을 한술 뜨려하는데 낙엽이 먼저 알고
수저 위에 폴싹 내려앉는다
염치없는 낙엽을 바라보고 있는데
웬 남정네 두 분이 올라온다
우리 그냥 바람 쐬러 왔다가
싸온 점심 먹으려고요
지은 죄도 없는데 목소리가 절로 기어들어간다
선심이나 쓰는 듯
술도 없으니 그냥 드시고 가세요
햇살에 밥 비벼 신나게 식사를 마치고

영령들에게
오카리나 몇 곡 연주하고
공원 주변에 나뒹구는 낙엽들
가지런히 모아서
인증 샷 몇 장 남기고 돌아왔다

황지천
- 낙동강 발원지

낙동강 천삼백 리 길을 다녀본 사람은 안다
이 얼마나 장엄하고 위대한 민족의 젖줄이자
대자연의 서사시인가를!
그런데
태백시 중심가 공원의 황지천에서
하루 오천 톤의 물이 계속 솟아나
남한에서 제일 긴 강의 발원지라니
눈을 비비고 다시 한 번 보고 또 본다
솟아나는 물은 쉼 없이 흐르고 흘러 산을 뚫은
구문소를 통과 경상도 땅에 이르러
거대한 낙동강이 되었다

전설에 의하면 인색한 황부자가
시주 온 노승에게 똥바가지를 퍼붓자
미안한 며느리가 시주를 한다
변고가 있을 테니 돌아보지 말라는 당부를 잊고
뇌성병력 소리에 돌아보자
황부자 집이 땅속으로 꺼지고
그 곳에 연못이 생겼다는 황지천
가물어도 솟아나는 물줄기는
칠암천을 만나 낙동강의 본류는

구문소에서 시작된다
이는 태백산 함백산 백병산 매봉산 등의 줄기를 타고
땅속으로 흐른 물이 모여 연못을 이룬 것으로
경남북을 지나 부산광역시 을숙도에서
남해로 유입된다

검룡소儉龍沼
– 한강의 발원지

태백산 금대봉 골짜기에서 발원한 한강은
우리 민족의 영원한 생명수이다
수수억 년 전 태고의 신비를 간직한 작은 물웅덩이가
하루 2, 3천 톤의 생명수를 용출해서
한강에 유입 우리네 식탁까지 이른다하니
이 얼마나 장엄하고 위대한 역사인가
가까이 가서보면
깊이를 알 수 없는 작고 평온한 모습인데
아래쪽으로 쏟아져 내려가는 물줄기는
세차게 파고들어 겨울에 얼지 않고
가물어도 마르지 않는다
5백km 이상 긴 여정으로
양수리 두물머리 합수는 최고의 축복이 아닌가
위대함의 시작은 숨어있는 것이 아니다
주차장에서 2.8km
자연을 벗 삼아 비포장 산길은
초행길도 낯설지 않다
피나무 물푸레나무 생강나무
울창한 숲길 피톤치드에 취하고
자연의 오케스트라에 빠지다 보면
푸른 이끼 자생하는 작은 소가 반긴다

전설에 의하면 서해에 살던 이무기가
용이 되고자 한강 줄기를 따라 오르다가
물이 솟아오르는 이곳에 살고 있어
예부터 검룡소儉龍沼라 불렀다한다

유월의 공원 풍경

전염 바이러스 무형의 침입자
마스크와 소독 액으로 살살 달래고
지압자갈로 만들어진
언덕을 오른다
햇살은 더 없이 싱그럽고
깨끗한 바람에 풍욕한
아카시 잎새 초록이 무성하다

구면이 되어버린 애완견 포메라니안
반갑게 인사하고
비탈길 천천히 내려오려니
겁 없는 청솔모 한 마리
빤히 쳐다보며 뭔가 오물댄다
매실 한 톨 던져주며
겁주는 척했지만 오히려 다가온다

가로수 싱싱한 찻길을 지나
공원 숲 그늘에 들어서니
비둘기 한 쌍 코로나 19를 비웃는 듯

비벼주고 쪼아주고 애무하고
사랑놀음 절정이다

팔랑개비

– 어린이 박물관

저건 티 없는 아이들의 함성이
돌리는 것
재잘거림이 요란할수록
힘차게 돌아간다

햇살 따스한 어느 봄날
동생과 팔랑개비 입에 물고
둑방길을 힘껏 달렸지
따뜻한 어머니 손길 한 번에 내기를 걸고

나성으로 동생이 호적을 옮겼다기에
가루비누 사들고 찾아갔지
인근 동네 가까운 묘역
오색 팔랑개비가 황홀하게 돌고 있었다

강아지와 주인이 나란히 잠든
양지쪽 피안의 언덕엔
무형의 바람만이
영원의 안식을 감싸주고 있었다

튀지 TWIZY
– 초미니 전기자동차

사람들이 쳐다본다
쳐다보던 사람들이 웃는다
가던 길을 멈추고 돌아서서 웃는다
길 건너 사람들도 웃는다
남자도 웃고 여자도 웃고
그들을 쳐다보며
나도 웃었다

40여 년 분신 같은 마이카를 접었다
긴하게 출퇴근은 없다고 하지만
오랜 습관을 하루아침에 접기는
쉬운 일이 아니었으리라
차 연식도 오래됐고
미세먼지문제도 장난이 아니고
결심을 하고 차 같지도 않은 차종으로
국가 시책에 앞장을 섰다
봉사 가는데 중요한 악기를 빠트려서
급하게 다시 챙겨 가는 데는
아무 이상이 없다

산길을 오르며

누가 내던진 나무작대기
지팡이 삼아
굽은 산길 내려온다
자유자재 발길은 시도 때도 없다지만
변함없는 산길은
산문 가까이 발길 스친 나무뿌리는
원형대로 치솟은 도자기 같다
생명의 불꽃이 타오른 야생의 텃밭
양지바른 언덕엔
맥문동 푸른빛이 보석처럼 선명하다

코로나에 갇힌 갑갑함
아름드리 노송 넉넉함을 끌어안고
붉어터진 표피에 귀대고
볼멘소리 토해낸다
비대면 서비스 세상이라고

뛰노는 맥박 수 잠재우다가
같은 하늘 아래 숨 쉬는 심장이라고
동질에 안도 한다

도심 속의 분수

연일 갱신하는 폭염의 수치
이글대는 아스팔트의
노면을 달리다보면
오아시스처럼 반가운 진객을 만난다

소나무 숲 바위틈에서
쏟아내기도 하고
한 낮의 땡볕 맨홀 구멍에서
하늘 높이 솟았다 땅 끝으로
곤두박질치기도 한다

타고난 사명이란 남을 위해
혼신을 다 바치는 일
몸이 부서지는 일쯤이야
천형으로 받아들인다

알림은 없었어도
반짝이는 열꽃이 떠난 자리엔
수명을 다 한 매미울음소리
순리인 양 바통을 넘긴다

하늘과 배추와 풍력발전기

매봉산 꼭대기 바람의 언덕에는
시계바늘처럼 돌아가는 풍력발전기와
한여름 오후 뜨거운 절정을
지켜내는 고랭지 배추가
이국적인 풍경으로 자리하고 있다

한미재단 도움으로 매봉산을 개간
풍력발전기 17기가 저마다
백두대간을 지키는 수문장으로
배추밭 초록물결 에워싸고
넘어가는 흰구름도 쉬어가게 한다

막힘없이 탁 트인
하늘 다음 매봉산 꼭대기
동자꽃 솔나리 마타리
보기도 아까운 야생화 천국
자주 보는 민들레 꽃송이도 유난히 탐스럽다

매봉산 연평균 풍속은
대관령 풍속보다 더 강하다고 한다
하늘 바람 배추 하얀 풍차

모두 같은 꿈을 꾸고 있는지
같은 곳을 바라보고 있다

공릉천의 갈대 밭

평온하던 공릉천이
징검다리 사이를 지나면서
요란한 급물살을 일으킨다
아직은 가을을 덜 떠나보낸
갈대의 눈길은
먼 곳 그 너머를 향하고 있는데
따스한 햇살에 다듬어진
편안한 축대
잠시 계절을 잊게 한다
한기를 모르는 청둥오리 떼
잔잔한 물살을 가르며
오후 한때를 즐긴다
보고 또 봐도 보고 싶은
잊지 못할 선경이다

4부

나의 고향은 어디인가

나의 고향은 어디인가

대전시 은행동 3번지 내 본적이다
그 시절 치열한 초 중 고 입시를 거쳤다
사범부속 초딩 입학 면접에서
엄마 아빠가 싸우시더냐? 물음에
많이 싸우시더라는 답변

그 초딩 친구들과 일생 모임을 하다가
지난 가을 동학사 산장에서 대단원의 막을 내렸다
대전 뿌리 공원에서 이박삼일 잘하고
마지막 산책길에 두 친구가 다리를 다쳐
정리하기로 결정을 내렸다
대전역을 떠나올 땐 섭섭해서
내리는 비처럼 속으로 많이 울었다

결혼 후 40년 넘게 부산 갯내 속에서 살았다
직장이 끝나고 서울 시댁 곁으로
이곳 일산에서 10여 년 정을 붙이고 살다보니
진정 내 고향은 어디인가 혼돈이 올 때가 있다

내 어머니 생존해 계실 땐
눈물을 훔치며 대전역을 지나갔다

창밖 먼빛으로 지나치는 모교를 보면서
참을 수 없는 설움에 삶을 원망하기도 했다

가끔 TV 부산 소식이면 한없이 그립고 가고 싶다
혀 짧은 아이들의 유년이 있고
꿈같이 흘러간 청춘이 녹아있고
지금도 음성을 들으면 목이 메는 문우가 있다
진정 내 고향은 어디인가

어머니의 산책 길

어머니의 산책길은 늘 혼자였다
소리 나지 않는 발걸음으로
실타래 추스르듯 지난날을 뒤적이며
여인은 약하지만 어머니는 강했다의 표본이셨다

계절이 바뀌어 오색단풍 한창이면
어딜 가야 되겠다고
불현 듯 우리 집을 찾아오셨다
대전에서 부산으로

맨발을 본적 없는 쪽진 모습
신문과 성경을 늘 벗하시던 손시임 속장님
저 세상에서도 쓸 만한 사람은 빨리 데려간다는
청천병력 그 대열이었을까

지금 같으면 시집도 안 갈 연세에
무거운 짐 그 많은 자식들을
전란 뒤끝 어려운 시절에도
모두 품안에 끼고 사신 내 어머니

어머니 연배를 훌쩍 넘긴 지금

사무치게 그리운 모습 코끝에 매달고
아름드리 소나무 숲을 거닌다
먼 훗날 내 아이들도 나처럼 어머니를 그리워할까

괜한 상념에 코끝이 찡해온다

이백년 손님
– 며느리

주말이면 두 손자를 데리고
극장을 가거나 우리 집에 오는 게
못마땅하기도 했다 저도 쉬고 싶을 텐데

아이들을 볼 때마다
무얼 먹었느냐고 묻기도 했다
밥을 먹었다는 답을 기다리며
언젠가는 심하게 야윈 모습이 안쓰러워
다이어튼가 뭔가
어지간히 하라고 핀잔도 했었다
노는 사람은 싫다
이 세상 할일이 얼마나 많은데
생활지론을 얘기 한 게
부담을 준건 아닌지
미안한 생각마저 든다

아들은 회사에서
조정대상 일호 될까봐 말 못하고
시부모는 밥 사라 할까봐 말 못하고

며느리 공무원 합격소식을 듣고도

갈증

목이 마른
모기 한 마리
물 컵 속을 뱅뱅 돈다
갈증은 너만이 아니다
목마름의 동지다
허나
자비는 없다

뻐꾹새

조그만 창을 열고
주방 일을 하다 보면 쿠쿠cuckoo
가슴 밑바닥까지 파고드는
찡한 어머니 음성이다

남의 둥지에 알을 낳고
주인을 몰아내는 가정 파괴범인 뻐꾸기
울음은 주로 수놈이 운다는데
언제 들어도 심금을 울리는 옛 생각이다

하루 날 잡아 찾아 나섰다
석양은 지고 사방이 어둑어둑한데
제법 큰 날짐승 울음을 남기며
숲 너머로 날아간다

그 뒤로는
들어 본적이 없으니
뻐꾸기 우는 산자락에 산다는
자랑 아닌 자랑도 할 수가 없게 됐다

커튼지기

나는 어린이 박물관 커튼지기
어둠과 밝음을
한 손에 쥐고
열정과 기대를 저울질하는 조련사

안쪽의 공연 팀과
바깥쪽 관객들의 숨 가쁜
맥박수를 가늠 할 땐
나 또한 같은 수치임을 계수기는 안다

순간 울리는 징소리
열림과 닫힘의 다른 세상
수박이 쩍 갈라지 듯
가슴엔 검은 별 흰 별이 쏟아지고

관객과 공연자가 한마음이 되는 순간
시간은 화살 같이 지나가고
비로소 천정의 조명이 순해졌을 때
충만과 허전함을 잠재우는

나는 꿈 전파 문화공연단의 커튼지기

하늘공원 맹꽁이의 꿈

여름 날
빗물고인 둠벙에서 밤새 우는 것이
신이 내린 본분이었는데
울음은 간 데 없고 하늘공원
구름 같은 인파 기다림을
해소 시켜주는 해결사가 되었다

속빈 억새
갈망의 수위는 높아지고
높아지는 만큼 신바람은 더해
언제 한번 속 시원히 울어볼 열망처럼
오늘도 하늘 높이 흔드는 깃발 되어
은빛 꿈을 나누어 준다

울지 않아도 나는 맹꽁이 열차
다람쥐 쳇바퀴 돌 듯
정해진 노선을 매일 누벼도
보는 이 마다 행운을 보내주고
기쁜 손 흔들어 준다

핑크뮬리의 따스한 고백

북한산 봉우리 은빛 인증 샷 남기며
부여 받은 모든 나날들
행운을 고루 나누어 주는
천사이고 싶다

웰시코기
– 견공에게도 사생활은 있다

아들네는 웰시코기라는 애완견을
집안에서 키운다
수 십 년 째 영국왕실에서 키우고 있다는
족보가 있는 개

다리는 짧으면서 꼬리는 없고
얼룩한 누런 털색
예쁘장한 얼굴 심성은 순한 편이다
근엄한 왕실에서
이 개를 나무라는 사람은 아무도 없단다

처음 대면 할 때는 손 길이만한
1.8kg 작은 몸체이더니
두어 달 지난 어느 날 다시 보니
체중이 삼배가 넘는 중개가 돼 있었다
낮엔 집에 사람이 거의 없다보니
스마트폰 앱으로 연결하여
개의 동태를 살피고 있다

잔뜩 웅크리고 자기도 하고
컹컹 짖다가 괴상한 소리로 울기도 하고

그래도 무료한지 제 똥을 짓뭉개려 하자
'하지마' 소리치자
섬짓 둘러보며 하던 짓을 멈춘다

완전 사생화 노출이다

생일잔치
– 견공에게도 사생활은 있다

개 돌잔치 날
며느리는
친구가 케이크를 보내와서
생일상을 차렸다면서
사진을 보내왔다

웃음이 있고
축하 노래가 있고
손뼉이 있어 화기애애하다

친구와 한날 같은 종의 강아지를
입양했는데
일 년이 지났단다

유래가 없는 폭염
개 목에 얼음 목걸이
외출 시 에어컨 작동이란다

개 팔자가 상팔자

하찌
– 견공에게도 사생활은 있다

몇 날을 기다린다 해도
추워서 얼어 죽진 않을 것이다
흙 한 점 없는 삭막한 베란다
마실 물과 사료는 언제나 비치되어 있다

이웃나라 어느 전철역에서
갑자기 세상을 떠난 주인을 오래 기다리다가
눈 속에 파묻혀
주인 뒤를 따라갔다는 '하찌'

그 충정이 하 갸륵해
인간보다 낫다고도 하고
전해오는 이야기가 가슴 미어져
그 자리에 동상을 세워 주었다 하지 않는가

천방지축 성정 가라앉히고
돌아올 주인 발자국 소리
얌전히 기다리며
고무 껌이나 씹을 일이다

외로움
– 견공에게도 사생활은 있다

오늘 달력 날자가 빨간 표시이더니
주인장네 식구가 외출인가 보다
아침부터 부산하게
가방 싸고 옷 정리하고
차 점검 하는 걸 보니 멀리 가는 모양이다

어제도 하루 종일 집을 나가
밤중에 돌아오더니

나는 더 이상 참을 수가 없어
강력한 항의 표시를 했다
가장 큰소리로 울부짖고
가장 높이 뛰어오르고
쳐 논 울타리를 짓뭉갰더니 동행하게 됐다

행선지는 그리 멀지 않은
할아버지 댁이다
따숩고 아늑한 이 댁은
온갖 꽃들이 자랄 수 있는 환경이지만
구 살림이 많아 여유 공간이 적다

무슨 날인지
너무 맛있는 냄새
못 보던 것이 내 코를 유혹해
낮은 상위에 차려진 음식을 그만
꿀꺽하고 말았다

다시 출입금지 불호령이 떨어졌다

개 동상
– 견공에게도 사생활은 있다

애완견 천 만 시대
신생아는 사십만이 무너졌는데
강아지는 육 십 만이란다
육아용품은 줄어드는데
갖가지 애완용품은 성황이라는
웃지 못 할 이야기

허나 아름다운 미담도 전해 내려온다
옛날 신라시대 김개인이 장을 보고 오다가
한잔 술에 취해 들에서 잠이 들었는데
산불이 나서 위험지경에 되자
시냇가로 수없이 달려가
물을 추겨 주인을 구하고 자기는 지쳐
죽었다는 눈물겨운 이야기

그 충정 하도 갸륵해
사람보다 낫다고도 하고
전해오는 스토리가 감동스러워
동상을 세워 주었다는 오수의 개 비석

정으로 보살피면 충정으로 보답한다는 개

이 시대는 반려견이라고
사람 품에 안겨 호강하는
개 팔자 상팔자 요즘 풍경이다

자존심
– 견공에게도 사생활은 있다

어느 날
산길을 산책 하던 중
대형 종족을 만난 순간부터
몸이 더 커질 것을 염려해 주인은
사료공급을 현저히 줄였다

그러나 나는
주인네 음식을 절대 손대지 않는다
나에게 주어진 사료만 만족 할 뿐
본 척도 하지 않는다

참을 수 없는 유혹이
코끝을 간질이기도 하지만
개들의 명예를 걸고
마지막 자존심을
지키려한다

숲속의 집 한 채

집주인 모습이 보인다
몇 날을 살펴봐도
비어 있더니
오늘은 보인다
어른과 아이 야옹이네 가족
빼꼼이
얼굴을 내 밀더니 황급히
모두 떠난다
가족이 휴식을 취하다 인적에 놀라
어디론가 떠난다
침실엔 체온만 남긴 채
스산한 바람 발길 재촉한다
야옹

십 원짜리

시화전 회비를 보내려
은행에 갔다
농협 계좌이체
머뭇거림을 눈치 챈
은행 안내원이 달려왔다

"시인이십니까"
아직 서툴러서 부끄럽다하니
"못하셔도 됩니다
시나 잘 쓰십시요
이런 일은 저 같은 사람만
잘 하면 됩니다"

피어오르는 미소를 머금고
은행 문을 나서는데
손톱만한 십 원짜리 동전 한 닢에
바닥이 환하다

5부

손자의 졸업식

이상설 유허비

러시아 연해주 우수리스크시
발해 성터가 바라보이는 라즈돌나냐 강가에
소슬한 바람소리 지는 노을에
발목 적시고 있다

가끔은 쓸쓸하지 않게
목 메이게 묵념하는 후손들을 맞이하며
수 없이 되새겨보는
조국의 광복은
그리도 먼 나라의 신기루였을까

미망 같은 모든 족적들
젊은 날 조국의 독립위해 불태운 혼불마저
흐르는 수이푼 강물에
띄워 보내라는 유언을 남기고
둘러선 소나무를 벗 삼아 위로받고 있다

강산이 바뀐 게 열 몇 번
피맺힌 노고와 시련이 있었기에
자작나무 숲을 누비며
풍요를 만끽하는 후손들의 발소리

나직이 귀 기울이며

날아와 쌓이는 조국소식 어제와 오늘을 새겨본다

고려궁지

항몽 39년
개경에서 강화로
구비 구비 피맺힌 사연들
거대한 역사의 줄기라 말들 하지만
그 한 가운데 맨몸으로 맞서야 했던
어진 성정들 타는 가슴은 숯으로 검었을라

모퉁이 수수백 년 거목의
촘촘한 나이테
차고 넘치는 목격담은
먼 날을 내다보는 속 깊은 초석이이기를

송악산 스치는 바람은 여전한데
내려쬐는 태양은
새봄이 왔다고 새 생명 완성하듯
꽃망울이 지천으로 흩날린다

쫓기는 와중에도
16년 피나는 구국정신으로
산벚나무 돌배나무 자작나무 등으로
주옥같은 결실을 맺었으니

한석봉도 극구 경탄한 목판 팔만대장경
합천 해인사에 있다

滴露
– 이슬의 노래

서울 돈화문국악당 현판의 한옥 한 채
세월을 비켜 선 듯한
나지막한 나무대문을 들어서면
계단 깊숙한 공연장이 유적처럼 열려 있다

이런 진귀한 공간이
자욱한 어둠을 헤치고 돌아보면
내달리는 세상 속 발걸음 잠시 멈추고
어제와 오늘을 성찰할 수 있는
천금 같은 시간이 감돌고 있다

때는 이조말 격랑의 시대
경성의 한 여름 밤에 배우 셋이 벌리는 술판
예술의 멋스러움과
핏방울 서린 소리에 대한 간절함
세월이 유수 같이 흘러서
실체는 허공 속으로 사라져도
저 산위에 달은 다시 뜬다는
불멸이 가능한
음악극 '적로滴露'

마이크도 없이 만나고 헤어지는 침묵 속으로
순간의 이슬처럼 빛남이 남겨놓은
흔적을 노래한 젓대소리
깊은 호흡이 가슴에 남는다

닥밭楮田공원의 새소리

조선 초기 세종2년
칼을 씻는다는 조사서를 세검정에 만들어
한지 원료 닥나무를 심어 납품하라는
왕명이 내려졌다

고양시 정발산동 저전마을
지금은 저동초등학교 옆 공원이 되었지만
옛날엔 전국에서 몇 안 되는 발복發福의 정수리
붓끝 치는 닥나무 산지였다

부러뜨리면 딱 소리를 낸다고
달아준 이름
닥나무 채취는 한로를 전후한
추운 겨울 맑은 물에 씻어 올려야 제 빛을 발해
지紙 천년, 견絹 오백년 이라는 말이 있다

이는 만세토록 기록의 나라로 만드는
다시없는 일등공신이 되었고
유네스코 지정 세계문화유산기록
보유국이 되었다

닥나무 팻말을 목에 건 나뭇잎 사이로
실바람 오가는 놀이터 모래밭엔
개구쟁이의 소리 꿈의 날개를 달고
새들의 지저귐은 노을로 번져간다

심청이 온다

생각해 보면
영원히 가슴 저린 스토리지만
세월을 뛰어넘어 재탄생 하고보니
속 시원한 한판 굿으로 맥박이 뛰게 한다

각색하기 따라서
이리도 다른 이미지로 심금을 울리는
엄동설한이 무색하게
가슴 따뜻한 한 마당이 되었다

구비 구비
모르는 구석 없이 훤히 꿰는 대목이지만
때론 눈물이 솟구치고
때론 우레와 같은 박수가 터져 나오고

모처럼
입속에 가둬두었던 묵은 말
대신 쏟아 내주는 풍자와 해학
귀청 터지는 음향에 모두 날려버리니
겨울 해는 짧기만 하다

쌍화차 한 잔

우린 코흘리개 어린 시절부터
손자가 대학생이 된 지금까지
만나고 헤어지는 절친 사이
창 너머 거리엔
진눈깨비 흩날리는 데
캐롤송도 없는 세모의 찻집에 앉아

쫓아다니는 남학생 골탕 먹일 때
바가지 씌우는 최고의
에그 쌍화탕 한 잔 앞에 놓고
기억 저 편
조상님 무덤까지 들추다가

세월의 무상함 새삼 상기하면서
그 시절 찾아가 보자고
못 갈 것도 없다면서
화통 삶아 먹는 기적소리 행방 찾아
달력 펴놓고 이리 저리 짚어본다네

마당놀이 놀부전
- 장충동 국립극장

안개비에 가려
스치는 풍경이 잘 보이지 않는다
연륜이 쌓인 단체 나들이
콧바람의 열기에 차안은 더욱 후끈하고
격앙된 분위기에 모두는 홍조 띤 얼굴이다

시국 풍차기 격해질수록
속 시원한 한 판 굿은 신명을 더해간다
교과서에 실린 국민스토리건 만
귀 창 뚫리는 사물놀이 소리
시간은 쏜살같이 지나가고
권선징악의 결말은 흡족함을 안겨준다

맘씨 착한 흥부 부자 되고
욕심 많은 놀부는 벌을 받게 된다는 건
만고의 진리다
다른 나라에선 우리 드라마가
재미있고 건전해서
교육상 많이 보여 준단다

손자의 졸업식

손자의 졸업식이다
비누로 만든 꽃다발을 사들고
운동장을 들어선다
얼마만인가 졸업식 참석이
빛나는 졸업장 노래를 생각하며
참여하고 있으려니 만감이 교차한다

그때 헤어진 친구들 다 어디서 살고 있을까

잘 가라는 문구와
200여 명 졸업장을 교장선생님은
일일이 나눠 주신다
장래 꿈이 마술사가 되겠다는 우리 손자
예절상을 탔다

식이 끝나자 우는 아이도 더러 있고
헤어지는 것이 아쉬워
담임 선생님과 끌어안고 사진을 찍기도 하고
지금 이순간이 얼마나 소중한 건지
어린 손자는 아직 모르리라

빗속의 고향 나들이

마침내
시간이 지나도 늙지 않는 고향땅에 와서
발길 닿는 대로 창밖을 응시한다
장마 같은 비는 계속 내려
아픈 세월과 기뻤던 기억들이 스치지만
숨죽인 비밀하나 빗소리가 쓸어준다
떠날 땐 별생각 없이 떠났지만
객지는 아무리 오래 살아도
고향이 될 순 없었다

마침내
잘난 것도 없이 목에 힘주던 여고시절
모교 교정에 정차하고 나서야
수정 같은 눈빛들이 일어선다

교문에 오르는 언덕 길
이유 없이 내 쏘던 곱잖은 눈길들
죄 없이 높은 언덕으로
지금 보기엔 너무도 완만하다

그때도 나이를 알 수 없었던 거목 아마리히야신스

떠난 후 세월을 보냈으니
신처럼 우람하고 의연한 자태 앞에서
사진 한 장 찍었을 뿐인데
빗줄기는 더 세차게 교정을 적신다

구 일산역에서 페페를

격동의 한 세기를 견뎌낸 맞배지붕이
숱한 사연을 간직한 간이역이라는 걸
그땐 몰랐었다

천리 밖 바닷가 갯내음 속에 묻혀 살면서
가끔 내 아이들을 보러올 땐
마음이 먼저 와 닿는
감격의 공간이었다

지금은 신도시 자식들 곁으로
강산이 몇 번 바뀔 만큼 시간이 흐르니
간이역도 변화의 바람이 불어
역사의 전시관으로
2006년 등록문화재가 되었다

11월 어느 화창한 주말 오후
줄지어선 아이들의 손등에
파도가 출렁이는 돌고래를 그려주고
솟아나는 엔도르핀에 태극문양을 새겨주면서
나눔의 손끝이 행복이라는 걸 알게 됐다

새싹들과 젊은 엄마가 함께 호흡하는
꿈과 미래가 움트는 아늑한 공간
길 건너 사거리 오일장엔
때 없이 뻥튀기소리 요란하고
소리치며 달려오는 복선열차 파장에도 생기가 돈다

동지팥죽

결혼도 하기 전 시누님 댁을 참 많이 갔다
그리도 스스럼없이 대해 주시니
어려운 줄 모르고 자주 갔다
시누님께선 무슨 날이면 빠짐없이
세시 풍속을 챙기셨다
때 맞춰 고사도 지내고
동짓날엔 빼 놓지 않고 팥죽을 쑤셨다
엄동설한
모락모락 김나는 죽 그릇을
장독대 위에도 뒤울안 댓돌에도 삐걱이는 대문간에도
빠짐없이 한참을 놓아두면
온 집안에 달큰한 냄새 가득했었다

지금도 그 입맛을 잊을 수 없다
육 여사가 부럽지 않다며
푸근한 인심으로 주변을 돌아보시더니

지금은 세월이 흘러
모든 걸 다 내려놓으시고
알아도 모르는 척 보고도 못 본 척

좋은 얘기만 응대하시며 사신다

금년은 노동지라 큰 추위는 없을 것 같다는 세설이다

입동 무렵 꽃동산 꽃집

큰 찻길 사거리 모퉁이
간판도 잘 안 보이는 아담한 꽃집엔
흔한 국화 화분 하나 없이
사철 대문이 열려있다
미로 같은 돌다리 건너 들어가니
비닐하우스에 사각난로가 열을 뿜고 있다

인기척에 놀란 새가 날아다닌다
추우니까 들어와 사네요
오랜만에 들어보는
한 낮의 닭 우는 소리
14마리가 25년째 같이 살고 있단다

혹서를 견뎌낸 낙엽들 달려가고
영원한 스승 대자연의 연출로
호박잎도 고구마잎도
재생 불가능으로 형체를 알 수가 없다
해마다의 드라마지만
들어 갈 때 못 보았던 손톱만 한 미니 감
붉은 등불로 안녕을 고한다

을왕리 해변에서 일박

맨 처음
고층에 올라 해변을 내려다 봤을 땐
물 빠진 바닥만 가득했을 뿐
파도는 저만치
배 한척 달랑 있다

두 번째
한밤중 잠이 깨어 창을 내다보니
바닷물 가득가득 몰려와
하얀 파도 철썩거렸고
검은 옷 입은 두 사람 폭죽을 쏘고 있다

세 번째
날이 밝아 커튼을 열었을 땐
손닿을 수 없는 저 멀리
억겁의 해수면으로
태곳적 모습만 가득 차 있다

설 명절

2.3kg 저체중 미숙아로 태어난 외손자
마음조리며 사람될까 지켜봤더니
지금은 체대 삼 년생
크로스컨츄리 스키 국가대표 선수가 되었다
그 동안 획득한 각종 메달수가
벽면 가득 결실을 말해 준다

멀리 있는 가족이 다 모인다고 들썩이는데
경기 일정 임박해 집 떠난 자식 찾아
제 부모는 훈련장 설국을 달린다
눈 온다 비 온다 한파다
무쌍한 기상 예보 가슴 무너지길 몇 번인가
가여운 생각에 가슴이 저리다

사 반세기전 미국으로 이민 간 동생
가엽긴 뭐 가엽냐고
살아있는 것만으로도 축복이라는 항변
서른 즈음 한창 나이의 외자식
비석 속에 이름 새겨 넣고 피눈물 삼키느라
큰 병에 조직검사
결과 기다리는 애타는 마음이다

100년 손님
200년 손님
모두 떠나버린 썰렁한 공간에
흘리고 간 이야기만 귓가에 맴돈다

수족관

몇 번 인가
사체가 된 구피들을
흔적 없이 처리하는 걸 보면서
언짢은 내색 억지로 숨긴다
애초에 극구 반대하는 조립과정이었으니
변명의 여지는 없으리라
보나마나 열정을 쏟다가
언제 그랬냐는 듯 자취 없이 치우는
습성을 알기 때문이다

언젠 부턴가 그 사각 어항 속에
눈에 잘 띄지도 않는 작은 달팽이들이
고기 수보다 더 많이 번식이다
하나 둘 핀셋으로 잡아내다가
달팽이 살포제를 뿌렸다
그 후
고기와 달팽이들이 둥둥 떠다닌다
자고새면 전멸이다
인공수초는 날로 무성하지만
살아 움직이는 걸 볼 수 없으니

새로움이 없다
생명체를 본다는 건 희망이다

깊은 울림의 목소리, 일상의 지문 찾기

김인경

문학평론가

1996년 〈한맥문학〉으로 등단한 이견숙 시인은 대전에서 태어났다. 사범부속 초등학교 입학 면접에서 "엄마 아빠가 싸우시더냐? 물음에/많이 싸우시더라"(「나의 고향은 어디인가」)며 당돌한 대답도 하고, 고군분투한 학창시절에는 "잘난 것도 없이 목에 힘주던 여고시절"(「빗속의 고향 나들이」)이 있다. 그럴 만도 한 것이 대전여고 2학년 4.19추도 시제에서 진정성 가득한 시를 썼다. 시인은 이 시에서 "하늘로 사무치던 외침/오랜 날들의 쌓인 울분을 토해내던 그날"(「내내 길이 잠드소서」)의 기억을 위해 "지금은 오월의 아늑한 풀 향기 속/미소 짓는 당신들의 환상 앞에/나는 무슨 꽃을 분향하오리까?"(「내내 길이 잠드소서」)라는 질문을 던진다. 그것은 이 땅의 모든 사람들이 기억해야 할 역사의 현장에 대한 질문이다. 이렇듯 시인은 여고시절부터 시인으로서의 역량을 과감히 드러낸 것이다.

이견숙 시인의 시 세계에는 음악이 있고, 가족과 고향이 있고, 일상에 대한 편안함이 있다. 그리고 무엇보다 삶에 대한 성찰적 자세와 의지가 있다. 그녀의 시는 편안하게 읽히는 듯하지만, 결코 가볍자 않은 깊은 울림으로 다가온다. 시인의 삶이 들어간 시심(詩心)을 통한 시적 형상화는 우리를 그녀의 여섯 번째 시집 『지문을 찾습니다』 속으로 차츰 스며들게 한다.

1.

음악을 즐기는 시인의 모습은 어린 시절 오빠의 하모니카를 불면서 시작된다. 하모니카 불기는 다른 사람을 위한 연주로 지금까지 이어진다. "처음엔 집안일이 무료할 때 주방에서 혼자 불다가/문학단체 장기자랑 시간에 실력발휘는/매번 상품을 휩쓸었다/때 아닌 꽃봉투가 날아오기도 하고/옛 생각에 젖어 눈물 흘리는 이"가 있을 정도이다. 이러한 시인의 하모니카 불기는 자기 자신에게도 가슴 찡한 울림으로 남는다.

> 오라버니가 군 입대를 하면서
> 두고 간 하모니카
> 중학교 갓 입학하면서 불기 시작해
> 평생 간직하게 되었다
> 동요 한국가곡 세계명곡 찬송가
> 특히 포스터의 미국민요를 좋아한다
>
> … 중략 …

켄터키 옛집에 햇빛 비치어

여름 날 검둥이 시절...

돌이켜보면 내 자신도

가슴이 찡해온다

-「켄터키 옛집」 부분

어느 해 문학회 송년 모임에서는 하모니카로 '가고파'를
분다. 요양병원 연주회 봉사에서는 정성을 다해 불어서 오
카리나 아코디언이 흐르는 가운데서도 앙코르의 주인공이
되기도 한다. "앙코르 박수는 계속되고/기쁨은 정량이 없
다"(「기쁨의 크기」)는 것은 봉사가 주는 기쁨을 아는 시인
의 건강한 삶이 보인다. 늘 음악을 가까이 하는 시인은 숲
속을 거닐면서도 음악을 함께 한다. "천상의 음향 안토니
오 비발디가 놀러와/비발디의 '사계'를 나무와 새들에게/고
루고루 뿌려주고 있다"(「곤지암 화담 숲」)며 풍경 하나 하나
에도 음악을 함께 한다. 음악에 대한 애정과 조예는 시인의
예술적 감수성을 유감없이 발휘한다. 이것은 곧 시적 형상
화로 연결되어 단순히 보이는 풍경만이 아닌 시인의 시심
(詩心)을 담아내는 넉넉한 그릇이 되어준다.

이렇게 시인이 늘 즐겨하던 음악은 「솔베이지 송을 들으
며」 시에서 더욱 풍성하게 담겨진다. 60년대 중반에 들었던
'그리그'의 솔베이지 송은 언제 V 들어도 그녀에게 뭉클하
고 애절하다.

어느 추운 겨울 밤

모처럼 만나 대전고교 옆 비포장 길을 걷고 있었다

코끝이 빨개지도록 날씨는 추웠고

추운 걸 모르는 젊음은 하염없이 거리를 누볐다

"그 겨울이 지나 또 봄은 가고, 또 봄은 가고..."

언제 들어도 애절한

'그리그'의 솔베이지 송이 여과 없이 흘러나왔다

··· 중략 ···

수요일 마다 외출하는 지아비를 배웅하며

지난날을 회상해 보니

너무도 바쁘게 뛰어다닌 날들이 안타까워

남은 날의 소중함을 일깨워 본다

– 「솔베이지 송을 들으며」 부분

시인에게 솔베이지 송은 젊은 시절 추운 줄도 모르고 하염없이 걸었던, "집 떠난 페르귄트를 백발이 되도록 기다렸다는/순백의 솔베이지 사연을 주고받으며/세상이 온통 내 것인 냥 애틋한 정"을 나누었던 시절을 반추(反芻)하게 한다. 더불어 "너무도 바쁘게 뛰어다닌 날들이 안타까워/남은 날의 소중함" 더욱 일깨우게 한다. 이렇듯 시인에게 음악은 단순히 들리는 것만이 아닌 삶의 여정과 함께 하는 추억의 중요한 연결고리인 것이다.

2.

   시인은 '가족'과 '고향'애가 남다르다. 여섯 번째 시집 『지문을 찾습니다』에서도 '가족'과 '고향'애가 잘 드러난다. 특히 '손자'와의 내용을 다룬 시가 3편이나 될 정도로 손자를 통한 가족애를 보여준다. 시인에게 중학교 2학년 사춘기 손자의 갑작스런 방문은 언제라도 반갑다. 밤 9시 넘어 와서 자고 간다는 손자를 위해 부지런히 이불을 손질한다. 아빠와 말하기 싫다고, 동생하고 싸워다며 왔다는 말을 집에 하지 말란다. 더 이상 속내를 묻지 않고 이부자리를 펴주니 "갑자기 와서 죄송하다"고 어른스럽게 말한다. "하루 밤 재우고 아침을 먹으며/마주 보니 찾아온 사춘기도 사랑"(「사춘기 손자」)스러운 손자이다. 그런 손자는 졸업식에서 예절상을 타기도 한다. 시인은 손자의 졸업식에서 듣는 빛나는 졸업장 노래를 들으며 헤어진 고향, 학교친구들을 떠올린다. "식이 끝나자 우는 아이도 더러 있고/헤어지는 것이 아쉬워/담임 선생님과 끌어안고 사진을 찍기"(「손자의 졸업식」) 하는 졸업식 풍경 속에는 잊고 있던 친구들이 함께한다. 모두 어디서 어떻게 살아가고 있을까. 손자는 지금 시절이 얼마나 소중한지 아직은 모른다. 그 시절 시인이 그랬던 것처럼 말이다. 이제 손자는 크로스컨츄리 스키 국가대표 선수되어 해외에 있다. 태어날 때는 잘 자랄 수 있을까 마음을 졸였지만, 지금은 체대 삼 년생이다. 멀리 있는 가족도 한 자리에 모이는 설 날, "경기 일정 임박해 집 떠난 자식 찾아/제 부모는 훈련장 설국을 달린다/눈 온다 비 온다 한파다/무쌍한 기상 예보 가슴 무너지길 몇 번인가"(「설 명절)라고 읊조린다. 험한 날씨에 자식 보러 가는 부모의 마음을 알고 있어 매번 가슴이 저려온다. 이처럼 설 명절의 풍경은 그녀의 시 속에서 가족애를 진하게 드러내면서 더욱 의미 있게 숨을 쉰다.

'고향'애는 또 어떤가. 시인은 초등학교 친구들과 마지막 모임 후 대전역을 떠날 때 서운함이 가득하다. 속절없이 내리는 비처럼으로 서럽게 울기도 한다. 결혼 후에는 부산 갯내 속에서 살고, 일산에서도 정을 붙이며 10여 년을 살았어도 고향, 대전을 잊지 못한다. 그래서인지 "진정 내 고향은 어디인가"를 스스로에게 자주 묻는다.

　　　내 어머니 생존해 계실 땐

　　　눈물을 훔치며 대전역을 지나갔다

　　　창밖 먼빛으로 지나치는 모교를 보면서

　　　참을 수 없는 설움에 삶을 원망하기도 했다

　　　가끔 TV 부산 소식이면 한없이 그립고 가고 싶다

　　　혀 짧은 아이들의 유년이 있고

　　　꿈같이 흘러간 청춘이 녹아있고

　　　지금도 음성을 들으면 목이 메는 문우가 있다

　　　진정 내 고향은 어디인가

　　　　　　　　　　　　– 「나의 고향은 어디인가」 전문

시인은 때론 비 속에서 고향 나들이에 나선다. 언제 와도 그대로일 것 같은, 시간이 비껴간듯한 늙지 않은 고향땅.

아무리 객지에서 정을 둔다해도 고향땅은 남다르다. 특히 여고시절의 추억이 고스란히 담긴 모교 교정에서는 "수정 같은 눈빛들이 일어선다"는 것으로 고향 나들이가 주는 회상를 더욱 짙게 한다. "발길 닫는 데로 창밖을 응시한다/장마 같은 비는 계속 내려/아픈 세월과 기뻤던 기억들이 스치지만/숨죽인 비밀하나 빗소리가 쓸어준다"는 고향 나들이는 시인이 지나온 아픈 세월과 기쁜 기억을 오롯이 품어 주기에 충분하다.

마침내

시간이 지나도 늙지 않는 고향땅에 와서

발길 닫는 데로 창밖을 응시한다

장마 같은 비는 계속 내려

아픈 세월과 기뻤던 기억들이 스치지만

숨죽인 비밀하나 빗소리가 쓸어준다

떠날 땐 별생각 없이 떠났지만

객지는 아무리 오래 살아도

고향이 될 순 없었다

… 중략 …

그때도 나이를 알 수 없었던 거목 아마리희야신스

떠난 후 세월을 보텠으니

신처럼 우람하고 의연한 자태 앞에서

사진 한 장 찍었을 뿐인데

빗줄기는 더 세차게 교정을 적신다

– 「빗속의 고향나들이」 부분

시인에게 가족, 고향에 대한 기억 속에서 '어머니'는 빼놓을 수 없다. "어머니의 산책길은 늘 혼자였다"는 시 구절에는 어머니 홀로 견뎌야 하는 삶의 외길이 보인다. 오색의 단풍이 한창인 계절에는 어디든 가야 하는, 불현듯 부산까지 와 얼굴을 보여주시는 깊은 속내의 낭만적인 분이다. 저 세상에서도 그 쓰임이 많아 서둘러 먼 길을 떠난, 어머니는 어머니로서 강해질 수밖에 없으나 한 여인인 것이다.

어머니의 산책길은 늘 혼자였다
소리 나지 않는 발걸음으로
실타래 추스리듯 지난날을 뒤적이며
여인은 약하지만 어머니는 강했다의 표본이셨다

… 중략 …

어머니 연배를 훌쩍 넘긴 지금
사무치게 그리운 모습 코끝에 매달고
아름드리 소나무 숲을 거닌다
먼 훗날 내 아이들도 나처럼 어머니를 그리워할까

괜한 상념에 코끝이 찡해온다

– 「어머니의 산책 길」 부분

시인의 어머니는 전쟁을 겪고 그 이후에도 많은 자식들을 품 안에서 놓지 않고 견디셨다. 신문과 성경을 늘 함께하신 어머니의 이름 석 자는 '손. 시. 임'. 시인은 "사무치게 그리운 모습"의 어머니를 자신의 삶으로 온전히 느낀다. 「어머니의 산책 길」 시는 "어머니 연배를 훌쩍 넘긴 지금/사무치게 그리운 모습 코끝에 매달고/아름드리 소나무 숲을 거닌다/먼 훗날 내 아이들도 나처럼 어머니를 그리워할까"라는 '괜한 상념'으로 마무리 된다. 무심한 듯이 '괜한 상념'으로 시어를 선택했지만, 어머니에 대한 그리움과 존경심은 "먼 훗날 내 아이들도 나처럼 어머니를 그리워할까"라는 여운으로 남아 눈가를 적신다.

3.

시인은 주어진 일상의 소중함을 누구보다 잘 알고 있다. "잘 정돈 된 삶이 무료할 때/삶의 소리 치열한/덤 문화가 살아있는/추억의 장터 제철 시장"(「봄날의 팁」)에서 주어진 삶의 감사함을 삶의 현장성으로 생생하게 나타냈다. 갈 때마다 매번 보는 풍경이지만, 종종 먹는 옥수수, 혼비백산하게 하는 뻥튀기 소리, 춘곤증 달래는 냉이, 쓴 맛이 강렬한 고들빼기. 100년 넘은 일산의 오일장은 삶의 충만함이 가득하다. 또한 커피 한 잔에도 감동을, 무사히 지나는 하루에 감사하는 시인의 모습에는 건강한 삶의 아름다움이 있다. "생의 대열에서 매듭을 지은 사람/신기루로 어른대는 한 시절의/채움과 비움을 꽃피우면서/고급스레 커피 내려/우아하게 음미하는 것이 하루일과인 사람"(「커피를 먹는 백합」)은 커피를 즐겨 내리면서 커피 생각만으로도 웃음을 짓는다. 시인은 자신의 남은 삶을 커피와 함께 하고 싶다. 커피가 많은 사람들에게 주는 위로와 삶의 여유를 '동질의 동위원소'라는 시적 언어로 녹여낸다. 백합의 고고한 아름다움은 커피로 더욱 그 자태와 향을 더 한다. 그래서일까. '커피를 먹는 백합'에서 시인의 모습은 더욱 자연스럽게 배어나온다.

최근 코로나로 우리들의 일상이 자리를 온전히 지키지 못하는 요즘이다. 시인은 산길을 오르며 "코로나에 갇힌 갑갑함/아름드리 노송 넉넉함을 끌어안고/붉어터진 표피에 귀 대고/볼멘소리 토해낸다/비대면 서비스 세상"을 더욱 실감나게 생각해 본다. 그래도 "뛰노는 맥박 수 잠재우다가/같은 하늘 아래 숨 쉬는 심장이라고/동질에 안도"(「산길을 오르며」)하며 오늘도 산길을 또 오른다.

하지만 시인에게도 코로나는 반갑지 않다. 시인은 코로나를 '전염 바이러스의 침입자'라는 호칭으로 유월의 풍경을 풀어낸다. 공원에서도 빠질 수 없는 마스크와 소독액의 중요성은 지압길 언덕길에 동반자다. 그럼에도 여전히 "햇살은 더 없이 싱그럽고/깨끗한 바람에 풍욕한/아카시 잎새 초록이 무성"하게 눈부시다. 어떤 전염 바이러스의 침입자도 계절을 이겨내지 못한다. 공원 숲 그늘로 들어서니 시인의 눈에는 한 쌍의 비둘기가 보인다. "비둘기 한 쌍 코로나 19를 비웃는 듯/비벼주고 쪼아주고 애무하고/사랑 놀음 절정"인 것이다.

전염 바이러스 무형의 침입자

마스크와 소독 액으로 살살 달래고

지압자갈로 만들어진

언덕을 오른다

햇살은 더 없이 싱그럽고

깨끗한 바람에 풍욕한

아카시 잎새 초록이 무성하다

… 중략 …

가로수 싱싱한 찻길을 지나

공원 숲 그늘에 들어서니

비둘기 한 쌍 코로나 19를 비웃는 듯

비벼주고 쪼아주고 애무하고

사랑 놀음 절정이다

– 「유월의 공원 풍경」 부분

  코로나로 모든 일상이 무너지고 비대면으로 사람 사이의 관계 역시도 단절된 지금. 그럼에도 여전히 '사랑'의 중요성은 빠질 수 없다. 지금 시기에 더욱 필요한 것은 인간에 대한 이해와 배려가 바탕이 된 사랑의 힘이 아닐는지. 시인은 그것을 누구보다 잘 알고 있는 것이다. 심각한 코로나 상황을 비둘기 한 쌍의 사랑 놀음으로 희화화 한다. 하지만 그 희화화의 울림은 가볍지 않다. 지금 그 무엇보다 필요한 것

은 '사랑'의 마음임을, 시인의 위트 있는 시어에는 혜안(慧
眼)이 들어 있다.

　이러한 사랑의 마음은 서로에 대한 이해와 배려가 있어야
가능하다. 시인은 잠시 들른 은행에서의 계좌이체가 익숙
지 않다. 시인의 머뭇거림을 은행 안내원이 한 달음에 달
려와 살펴봐 준다. 자동화된 문명의 혜택이 편하면서도
아직은 낯설은데, "'시인이십니까'/아직 서툴러서 부끄럽
다하니/'못하셔도 됩니다/시나 잘 쓰십시요 /이런 일은 저
같은 사람만 잘 하면 됩니다'"라는 따스함을 선물처럼 건네
받는다.

　'시인이십니까'

　아직 서툴러서 부끄럽다하니

　'못하셔도 됩니다

　시나 잘 쓰십시요

　이런 일은 저 같은 사람만

　잘 하면 됩니다'

　피어오르는 미소를 머금고

　은행 문을 나서는데

　손톱만한 십 원짜리 동전 한 닢에

　바닥이 환하다

—「십 원짜리」부분

시인은 은행 문을 나설 때 한껏 미소를 짓는다. '바닥이 환

하다'라며 현실이 때론 어둡고 막막해도 걸어갈만 하다고 한다. "손톱만한 십 원짜리 동전 한 닢"같은 환함이 우리 시대에 더욱 필요하다는 것을 시인은 알고 있는 것이다.

이와 같이 시인은 일상에 대한 섬세한 시선으로 삶의 성찰을 이끌어 낸다. 이것은 어떤 암울한 상황, 시대라 해도 살아갈 수 있는, 살아가는 이유를 분명 찾을 수 있다는 의미이다. 시인은 지금 시대를 살아가는 모든 사람들과 그 의미를 나누고 싶은 마음을 전하고 있다. 시인의 시를 읽으며 그 의미를 음미하는 것은 그녀가 들려주는 편안한 일상, 깊은 울림의 목소리에 귀를 여는 것이다.

4.

시인은 어느 순간부터 손가락에 지문을 찾을 수 없다. 농사를 지은 것도, 어머니처럼 대식구를 거느린 것도, 대가족 맏며느리도 아닌데 사라진 지문에 당황스럽다. 여러 손가락으로 지문을 찾으려 하나 그것도 쉽지 않다. 여권을 갱신하려는 것뿐인데, 구청직원과 면담까지 하게 된다. "주소가 어디냐/자식은 몇이냐/언제부터 지문이 지워졌는지/나는 모른다"라는 질문과 대답이 오고 간다. "씁쓰레한 심사 날개 없이 날아간다/내 지문은 다 어디로 갔을까" 스스로 던지는 질문에 답을 찾기가 쉽지 않다.

주소가 어디냐

자식은 몇이냐

언제부터 지문이 지워졌는지

나는 모른다

뼈 빠지게 농사를 지은 것도 아니고
자식이 많은 것도 아니고
대가족 맏며느리도 아닌데
지문이 없다

씁쓰레한 심사 날개 없이 날아간다
내 지문은 다 어디로 갔을까
지문을 찾습니다

- 「지문을 찾습니다」 부분

  시인은 하늘공원 맹꽁이의 꿈이 있다. 맹꽁이는 빗물고인 둠벙에서 더 이상 울지 않는다. 여름 날 하늘공원에서 구름 같은 인파의 기다림을 해소해 주는 해결사가 된다. "언제 한번 속 시원히 울어볼 열망처럼/오늘도 하늘 높이 흔드는 깃발 되어/은빛 꿈을 나누어"(「하늘공원 맹꽁이의 꿈」) 주고자 한다. 자신을 '맹꽁이 열차'라 하며 오늘도 "다람쥐 쳇바퀴 돌 듯/정해진 노선을 매일 누벼도/보는 이 마다 행운을 보내주고/기쁜 손 흔들어"(「하늘공원 맹꽁이의 꿈」) 준다. 시인의 지문은 그래서 사라진 것은 아닐까. 기쁘게 흔드는 손에서 지문도 함께 기쁘게 세월에게 자리를 내어 주면서.
  이러한 시인의 삶의 자세는 「커튼지기」 시에 더욱 잘 담겨져 있다. 시적 화자는 어린이 박물관 '커튼지기'로서 문화공연단의 꿈 전파사라는 자부심을 갖고 있다. "어둠과 밝음을/한 손에 쥐고/열정과 기대를 저울질하는 조련사"의 역할은 중요하다. 그래서 "관객과 공연자가 한마음이 되는 순간/시간은 화살 같이 지나가고/비로소 천정의 조명이 순해졌을 때/충만과 허전함을 잠재우는"것은 커튼지기의 몫이다.

> 열림과 닫힘의 다른 세상
>
> 수박이 쩍 갈라지 듯
>
> 가슴엔 검은 별 흰 별이 쏟아지고
>
> 관객과 공연자가 한마음이 되는 순간
>
> 시간은 화살 같이 지나가고
>
> 비로소 천정의 조명이 순해졌을 때
>
> 충만과 허전함을 잠재우는
>
> 나는 꿈 전파 문화공연단의 커튼지기
>
> — 「커튼지기」 부분

시인은 자신의 손가락 지문이 언제부터 사라졌는지 모른다고 했다. 그 사라진 지문에는 시인이 세상을 대하는 진지함이 세월과 함께 녹아져 있다. 「커튼지기」에 나타난 시인의 삶의 자세는 그 진지함을 보태기에 충분한 것이다. 여기에는 원폭투하의 잿더미 속 히로시마에서도 돋아난 생명체, 인간에게 유익한 약효인 '쑥'과 같은 삶의 의지가 있다.

그것은 "뿌리만 내릴 수 있는 곳이라면/지천으로 쑥쑥 돋아 나는 식물이라 쑥이라지만/볼 때마다 새롭고 정겨운 약초 다/사실 쑥은 인간보다 먼저 지구상에 존재"(「쑥 이야기」) 하는 강인한 생명력이다. 시인은 이러한 생명력과 나누는 삶의 자세로 세월에게 자신의 지문을 기꺼이 내어 준 것이 리라.

  이처럼 시인의 여섯 번째 시집『지문을 찾습니다』에는 시 인의 삶에 대한 다양한 지문이 보인다. 그녀의 손을 맞잡고 느끼는 지문과 같은 한 편, 한 편의 시. 시인의 시는 우리의 삶 속으로 어느새 스며와 깊은 울림을 주며, 일상의 소중함 을 더욱 알게 한다. 그 울림 속에서 그녀의 일곱 번째 시집 이 기다려지는 것은 너무 이른 기다림일까.

문학과의식 시선집 147

지문을 찾습니다

발행일	2021년 8월 16일
지은이	이견숙
펴낸이	안혜숙
디자인	임정호
펴낸곳	문학의식사
등록	1992년 8월 8일
등록번호	785-03-01116
주소	우 23028 인천시 강화군 강화읍 시리미로 313번길 34 삼원아트빌 402호
	우 04555 서울 중구 수표로6길 25(충무로3가 25-12) 501호(서울 사무소)
전화	02.582.3696 / 032.933.3696
이메일	hwaseo582@hanmail.net

값 10,000 원
ISBN 979-11-90121-27-9